25 Février 1907

Marque P

# COLLECTION

DE FEU

# M. VERHAEGHE DE NAEYER

ANCIEN MINISTRE DE BELGIQUE EN CHINE

[illegible]

COLLECTION

DE FEU

# M. VERHAEGHE DE NAEYER

ANCIEN MINISTRE DE BELGIQUE EN CHINE

## CONDITIONS DE LA VENTE

La vente aura lieu au comptant.

Les acquéreurs paieront *dix pour cent* en sus des prix d'adjudication.

Les expositions permettant au public de se rendre compte de l'état et de la nature des objets et d'en vérifier la désignation, il ne sera admis, pour quelque cause que ce soit, aucune réclamation une fois l'adjudication prononcée.

## ORDRE DES VACATIONS

### Lundi 25 Février 1907

Porcelaines de Chine . . . . . . . . . . . . . . . Nos 1 à 89

### Mardi 26 Février 1907

Bronzes chinois. . . . . . . . . . . . . . . . . Nos 90 à 105
Émaux cloisonnés. . . . . . . . . . . . . . . . . 106 à 125
Bois sculptés, laques . . . . . . . . . . . . . . . 126 à 138
Objets divers . . . . . . . . . . . . . . . . . 139 à 151
Costumes, étoffes, etc. . . . . . . . . . . . . . . 152 à 186

Paris. — Imp. Georges Petit, 12, rue Godot-de-Mauroi. — 17435-07.

CATALOGUE

DES

# OBJETS D'ART DE LA CHINE

## PORCELAINES ANCIENNES

*des époques MING, KANG-HI et KIEN-LUNG*

VASES, POTICHES, PLATS, ASSIETTES, STATUETTES, BOLS, ETC.

**BRONZES**

ÉMAUX DE CANTON & CLOISONNÉS ANCIENS

Garniture de trois pièces en bronze patiné incrusté de pierreries

Belle Garniture de cinq pièces en émail cloisonné

**BOIS SCULPTÉS — LAQUES DE PÉKIN & AUTRES**

Importante Porte en bois de fer sculpté

***Armoire renfermant un temple — Deux beaux Cabinets en laque***

OBJETS DIVERS

PIERRES DURES — ÉTAINS ET CUIVRES GRAVÉS — AQUARELLES

BEAUX COSTUMES DE MANDARINS EN SOIE BRODÉE

Très belle Portière en soie rose — Tentures

**ÉTOFFES — TAPIS**

*Composant la*

**Collection de feu M. VERHAEGHE DE NAEYER**

ANCIEN MINISTRE DE BELGIQUE EN CHINE

ET DONT LA VENTE AUX ENCHÈRES PUBLIQUES AURA LIEU A PARIS

## HOTEL DROUOT, Salle N° 11

**Les Lundi 25 et Mardi 26 Février 1907, à 2 heures**

---

COMMISSAIRE-PRISEUR

Me F. LAIR-DUBREUIL, 6, rue Favart

EXPERTS

M. LAURENT HÉLIOT
62, rue de Clichy, 62

MM. PAULME & B. LASQUIN FILS
10, rue Chauchat — rue Laffitte, 12

---

EXPOSITION PUBLIQUE

**Le Dimanche 24 Février 1907, de 1 heure 1/2 à 5 heures 1/2**

# DÉSIGNATION DES OBJETS

---

## PORCELAINES DE CHINE

1 — Deux potiches pouvant se faire pendants, décorées en émaux de couleurs, de fleurs et oiseaux sur rochers ; bordure supérieure à carrelage et fleurs sur fond piqué. Kang-hi.

2 — Vase ovoïde, avec col cylindrique, décoré d'émaux en couleurs sur la panse, de ruches, branches de fleurs, chrysanthèmes, paons sur rochers, insectes, papillons, etc. ; à l'épaulement, bordure à carrelage, avec réserves de fleurettes. Kang-hi.

3 — Vase-cornet à renflement, fond bleu fouetté, décoré en dorure de dragons et oiseaux dans les nuages. Kang-hi.

4 — Cornet à renflement à fond bleu fouetté, réserves avec paysages et ustensiles bleus sur fond blanc. Kang-hi.

5 — Cornet à renflement, décoré d'émaux de couleurs, d'objets mobiliers, vases de fleurs, chrysanthèmes et branches fleuries ; bordure supérieure à quadrillé, lambrequins à la partie médiane et grecque à la base. Yung-tchen.

6 — Vase-balustre décoré en bleu de personnages et pagodes, avec arbustes sur rocher à la base. Kang-hi.

7 — Grosse potiche en porcelaine émaillée sur biscuit, fond gros bleu, décorée en couleur d'une scène de cavaliers dans un paysage avec pagode, ornée de lambrequins, avec fleurs à la base et à l'épaulement. Ming.

8 — Grande potiche de forme octogonale, en vieux Japon, avec couvercle surmonté d'un oiseau sur rocher. Décor polychrome à lambrequins et personnages.

9 — Paire de gourdes de forme lenticulaire, décorées de chaque côté d'un médaillon avec dragons et phénix, et de branchages en bleu sur fond blanc, anses formées de dragons. Tao-Kouang.

10 — Paire de bouteilles décorées de chrysanthèmes et feuillages avec bordure de grecques au col et lambrequins à la base, en bleu sur blanc.

11 — Deux petits pots, fond gros bleu caillouté, à décor de fleurs de pêcher.

12 — Deux cache-pots à décor de dragons et personnages en bleu sur blanc. Kien-Lung et Kang-hi.

13 — Deux pots, fond bleu caillouté, décoré de fleurs de pêchers et réserves en forme de feuilles avec ustensiles et ornements sur fond blanc. Kang-hi.

14 — Deux buires avec couvercles, décorées de fleurs et fruits dans des médaillons et rinceaux en bleu sur blanc. Kien-Lung.

15 — Deux bouteilles pyriformes, décorées de lambrequins à la base et feuilles de palmiers au col, en bleu sur blanc. Kien-Lung.

16 — Paire de bouteilles à décor de fleurs et feuillages, bordure de grecques, palmes et lambrequins en bleu sur blanc. Kien-Lung.

17 — Deux cornets à décor de paysages montagneux, animaux chimériques et palmes à la base, en bleu sur blanc. Ming.

1 — 35 — 2 — 35 — 1

18 — Deux cornets, un à décor de personnages, l'autre de branchages et fleurs en bleu sur blanc. Kang-hi.

19 — Paire de bas de cornets, fond bleu quadrillé, orné de quatre réserves avec personnages en bleu sur fond blanc. Kang-hi.

20 — Trois bas de cornets à décor de paysages avec personnages, pêchers et oiseaux en bleu sur fond blanc. Kang-hi.

21 — Deux potiches à décor de chrysanthèmes et oiseaux, avec lambrequins au col en bleu sur blanc. Kang-hi.

22 — Deux potiches, l'une décorée de personnages avec couvercle, l'autre d'animaux et arbustes en bleu sur blanc. Kang-hi.

23 — Paire de potiches avec couvercles, à décor de feuillages et chrysanthèmes, ornées chacune de six réserves avec ustensiles et ornements en bleu sur fond blanc, lambrequin au col, Kang-hi.

24 — Paire de potiches avec couvercles, à décor de nombreux personnages en bleu sur blanc. Kang-hi.

25 — Potiche, décorée de phénix alternant dans des fleurs avec lambrequins au col, en bleu sur blanc. Kang-hi

26 — Potiche avec couvercle, décorée de chimère et phénix dans un paysage en bleu sur blanc.

27 — Grosse potiche avec couvercle, à décor de paysage et scène de personnages en bleu sur blanc. Kang-hi.

28 — Potiche avec couvercle, à décor de fleurs et médaillons avec caractères ; lambrequins au col et palmes à la base en bleu sur blanc. Kang-hi.

29 — Partie de vase en forme de gourde, décorée de fleurs, fruits et feuillages en bleu sur blanc.

30 — Petit vase de forme balustre et lobée, décoré de fleurs et oiseaux, en forme de gourde, fond poudre de thé. Kien-Lung.

31 — Paire de cornets à renflement, décorés de personnages dans des paysages en bleu sur fond blanc. Kang-hi.

32 — Vase en forme de papillon, décoré de fleurs et papillons en bleu et rouge de cuivre sur fond blanc.

33 — Gargoulette à long col, décorée de fleurs avec feuilles de palmes en bleu sur blanc. Kang-hi.

34 — Vase de forme aplatie, à fond gros bleu rehaussé d'or, orné de deux réserves avec personnages dans un paysage, en émaux de couleurs sur fond blanc ; bordure de grecques et lambrequins à la base et à l'épaulement, à léger relief à fond jaune, orné de rinceaux. Kien-Lung.

35 — Deux vases, bas de cornets, l'un, fond vert piqué, à réserves en forme de feuilles avec fleurs sur fond blanc, l'autre décoré de fleurs et oiseaux en émaux de couleur. Yung-tchen.

36 — Cornet décoré en couleurs, à la base, de personnages représentant les trois divinités toïstes, et au col de deux cavaliers semblant faire leurs adieux à deux déesses dans un nuage. Kien-Lung.

37 — Paire de cornets décorés en émaux de couleurs, scène de personnages dans un paysage avec fleurs et fruits à la base. Ming.

38 — Deux grands cornets, décorés à la base de fleurs et fruits, et au col de pagodes avec personnages et cavaliers. Ming.

39 — Paire de potiches avec couvercles, décorées en émaux de couleurs, scène de personnages dans un paysage. Ming.

40 — Deux potiches avec couvercles, une décorée de dragons sortant des flots de la mer et de nuages avec palmes au col, l'autre de pagode avec personnages. Ming.

| 36 | 4 | 7 | 37 | 5 |
|---|---|---|---|---|
| 580 | 505 | 1.200 | [illegible] | [illegible] |

41 — Deux potiches avec couvercle, l'une décorée en émaux de couleur de personnages dans un paysage, l'autre de fleurs et oiseaux sur rochers en bleu. Ming.

42 — Potiche décorée de jeux d'enfants dans un parc avec palmiers, en émaux de couleurs. Ming.

43 — Grosse potiche avec couvercle, décorée d'acteurs jouant devant un groupe de personnages représentant l'empereur et ses ministres, avec palmiers et fleurs. Ming.

44 — Potiche décorée en émaux de couleurs d'une scène de cavaliers dans un parc, faisant leurs adieux à des jeunes femmes dans une pagode, bordure quadrillée avec réserves sur l'épaulement. Kang-hi.

45 — Trois pots, à décor de personnages et fleurs en émaux de couleurs. Époques diverses.

46 — Paire de potiches décorées de fleurs et phénix sur rocher, en émaux de couleurs.

47 — Cinq petites potiches, dont une paire décorée de fleurs et lambrequins à la base et à l'épaulement, et autres à personnages et fond caillouté vert à fleurs de pommier en émaux de couleurs. Ming, Kang-hi, Kien-Lung.

48 — Vase rouge haricot avec monture en bronze doré, en forme de buire.

49 — Potiche avec couvercle, en poterie du Japon avec médaillons de formes diverses, décorés en émaux de couleurs.

50 — Trois vases appliques, l'un fond jaune avec fleurs et caractères, les autres à personnages en émaux de couleurs.

51 — Trois petits vases en céladon, dont deux craquelés et un à fond violet.

2

52 — Deux plats, l'un décoré de chrysanthèmes, avec bordure à fond caillouté en vert et rouge de fer, l'autre, de fleurs et arbustes. Kang-hi.

53 — Deux plats, l'un décoré de dragons à cinq griffes, alternant dans des flammes en rouge de fer, l'autre, de fleurs et feuillages avec lambrequins en bleu, rouge et or. Kien-Lung.

54 — Quatre petits plats décorés de fleurs, animaux et oiseaux, avec bordure quadrillée de couleurs différentes, avec réserves de rinceaux et fleurs sur fond blanc. Époques diverses.

55 — Plat décoré en émaux de couleurs, au centre, d'un bouquet de pivoines avec coq, bordure à quadrillé de diverses couleurs, et réserves à rinceaux bleus sur fond blanc. Kien-Lung.

56 — Plat, décoré au centre d'un vase avec fleurs, ustensiles, et bordure quadrillée de diverses couleurs, à réserves de fleurs sur fond blanc. Kien-Lung.

57 — Plat décoré au centre d'arbres en fleurs avec faisan sur rocher, arbres et papillons, bordure à fond piqué à quadrillage, avec fleurettes et réserves à ornements bouddhiques, sur fond blanc. Kang-hi.

58 — Très grand plat, à décor de pêchers et bambous, en bleu sur blanc. Kang-hi.

59 — Six petits plats creux, à décor de dragons, feuillages et fleurs, en bleu sur fond blanc. Époques diverses.

60 — Plat, décoré de dragon jouant avec le soleil, sur fond bleu. Kang-hi.

61 — Quatre plats creux, décorés de chimères, dont deux à décor de personnages en bleu sur blanc. Ming.

62 — Trois plats, dont deux creux, à décor de paysages avec personnages, feuillages, chrysanthèmes et phénix, en bleu sur blanc. Époques diverses.

63 — Paire de grands plats creux, à décor de paysages avec pagode, et guerriers combattant, en bleu sur blanc. Kang-hi.

64 — Neuf assiettes, décorées de fleurs et oiseaux en polychrome.

65 — Quarante petites coupes ou compotiers, à décor bleu sur blanc. Kang-hi et Kien-Lung.

66 — Quarante-quatre petites coupes ou compotiers, à décor bleu sur blanc. Époques diverses.

67 — Quatre petits compotiers à bord festonné, décor de paysages avec habitations, fleurs et carrelage au marli en bleu sur blanc. Kang-hi.

68 — Trois petits compotiers, à décor de personnages et de fleurs, en bleu sur blanc. Kang-hi.

69 — Compotier, décoré de fleurs et papillons en émaux de couleur. Kien-Lung.

70 — Quatre grands bols ou coupes, décorés de feuillages fleuris, caractères dans des médaillons, et grecques en bleu sur fond blanc. Kien-Lung.

71 — Cinq bols, dont un à décor de paysage et personnages, les autres, de feuillages et fleurs en bleu sur blanc. Kang-hi.

72 — Vingt-cinq bols et tasses à décor de fleurs, chrysanthèmes en bleu sur blanc et polychrome. Époques diverses.

73 — Huit pièces diverses : trois raviers, une coupe libatoire, deux petites bouteilles, une boîte, une petite coupe avec pied, à décor bleu sur blanc. Époques diverses.

74 — Quinze petites tasses et quatorze soucoupes à décor de fleurs en émaux de couleur.

75 — Douze théières de formes variées, décor polychrome, bleu sur blanc, bleu fouetté et or.

76 — Un sucrier avec couvercle, et trois petits pots bleu sur blanc. Époques diverses.

77 — Six cuillères, à décor bleu sur blanc.

78 — Statuette de Chinois agenouillé en porcelaine blanche, servant d'oreiller pour les fumeurs d'opium, décoré d'une ceinture rouge avec rinceaux d'or. Kien-Lung.

79 — Trois magots, avec enfant en porcelaine blanche décorée d'émaux de couleurs, tenant chacun un vase ; sur base de forme carrée, à décor de palmes. Ming.

80 — Enfant couché, en porcelaine décorée d'émaux de couleurs, sur base quadrillée, rouge de fer. Ming.

81 — Trois magots, dont deux tiennent chacun un vase avec lotus, l'autre vêtu d'un manteau rose. Ming et Kien-Lung.

82 — Cinq figurines, à décors variés, fond jaune, rose et noir, avec fleurettes, tenant des attributs divers. Kien-Lung.

83 — Cinq figurines : deux en forme d'appliques à robes rose et verte, décorées de fleurettes ; une, avec personnages assis auprès d'une coupe ; une, en blanc, tenant un enfant, et un guerrier, décor polychrome. Kien-Lung.

84 — Six pièces, pilong, coupe, plaque, vase à eau et figurines, décors en émaux de couleurs.

85 — Quatre chimères, en grès émaillé sur biscuit, dont trois debout, avec tube à parfum sur le dos, émaillées vert et jaune, et une en céladon bleu turquoise. Kang-hi.

86 — Deux grues sur tortues, en céladon bleu turquoise.

87 — Huit petits flacons à tabac, décorés en bleu et blanc, et polychromés.

88 — Quatre petits porte-pinceaux, décorés de personnages, dans des paysages en émaux de couleurs. Kien-Lung.

89 — Un plat en japon de forme lobée, à décor de paysage et personnages en bleu sur blanc.

## BRONZES CHINOIS

90 — Garniture de trois pièces en ancien bronze patiné, composée d'un brûle-parfum avec couvercle ajouré, à deux anses et trois pieds formés de têtes d'éléphants, et de deux éléphants caparaçonnés, supportant un vase avec incrustations de pierreries.

Socles en bois de fer et bronze.

91 — Chimère, brûle-parfum, pieds à cinq griffes, surmontée d'un personnage tenant une boule dans une main et coiffé d'un chapeau, avec chien en ancien bronze patiné. Époque Ming.

Pièce rare et curieuse.

92 — Vase balustre à deux anses, en ancien bronze patiné et ciselé en relief, à décor de branchages, fleurs, bordure à lambrequins et perles.

93 — Grand cornet à renflement médian et col évasé en bronze patiné et ciselé, en partie doré avec ornement de palmes et grecques. Ming.

94 — Trois divinités bouddhiques en bronze ciselé doré, dont deux assises et une debout, avec palmes à la base

95 — Brule-parfum, avec couvercle surmonté d'une chimère en bronze ciselé et patiné. Socle en bois de fer. Ming.

96 — Porte-pinceaux en bronze patiné, personnages sculptés dans un rocher.

97 — Faucon sur un rocher en bronze patiné, et phénix en bronze doré, sur socle en bois de fer.

98 — Deux chaufferettes, dont une à pans coupés, décor de fleurs dans des réserves, l'autre de forme rectangulaire.

99 — Trois jardinières de forme ronde et ovale, en ancien bronze patiné et ciselé, décoré en relief d'écritures, fleurs et ornements bouddhiques.

100 — Brule-parfum en ancien bronze patiné et ciselé, de forme rectangulaire à coins arrondis, avec couvercle ajouré et socle à godrons, décor en relief de fleurs et dragons.

101 — Deux chimères en ancien bronze patiné et ciselé, formant brûle-parfum. Un avec socle en bois de fer.

102 — Grande chimère formant brûle-parfum, sur trépied en ancien bronze à patine noire. Socle en bois. Ming.

103 — Sonnette en bronze ancien, patiné et ciselé, avec inscription, le manche formé par une tête surmontée d'une couronne.

104 — Lot de treize bouddhas en bronze doré, dont quelques-uns à plusieurs bras.

105 — Dix-huit petits bronzes de diverses époques, chimères, vases, brûle-parfums, divinité, arbustes et cachets.

## ÉMAUX CLOISONNÉS

106 — Garniture de cinq pièces en ancien émail cloisonné, se composant de deux vases, d'un brûle-parfum avec couvercle et deux porte-lumières, décorés de fleurs, grecques et lambrequins sur fond bleu turquoise.

107 — Garniture de cinq pièces en émail cloisonné, composée d'une grande coupe de forme rectangulaire, à pans coupés, supportée par deux dragons en bronze doré, formant anses ; revers en émaux champlevés, décorés à l'intérieur de poissons et crustacés dans les flots de la mer ; de deux candélabres à

90

106

sept lumières, formés de pommes de pin avec chimères, sur base trépied à griffes, et de deux porte-lumières en forme de dragons ailés, debout.

108 — Porte-fleurs en forme de soulier de femme en émail cloisonné, à décor de chrysanthème sur fond bleu : base ovale émaillée rouge.

109 — Brule-parfum, formé d'un canard en ancien émail cloisonné, il tient dans son bec une feuille de nénuphar et repose sur une terrasse en cuivre émaillé.

110 — Deux ornements de temple bouddhique en bronze doré et cloisonné, en forme de fleur de lotus.

111 — Petit bol et un vase de forme évasée, en ancien émail cloisonné, décoré de chrysanthèmes sur fond bleu turquoise. Ming.

112 — Bougeoir en ancien émail cloisonné, avec dragon à l'orifice de la tige en cuivre doré, décoré de rinceaux sur fond bleu turquoise.

113 — Deux petits brule-parfums avec couvercles, dont un émaillé et l'autre en cuivre ajouré, à deux anses, reposant sur trois pieds en ancien émail cloisonné, décorés de rinceaux fleuris sur fond bleu turquoise. Kien-Lung.

114 — Petit brule-parfum à deux anses, sur trois pieds en ancien émail cloisonné, décoré de fleurs sur fond blanc. Ming.

115 — Plateau en ancien émail cloisonné, décoré de fleurs et oiseaux sur fond bleu turquoise. Ming.

116 — Grand bol en ancien émail cloisonné intérieurement et extérieurement, à décor de chimères et ornements bouddhiques.

117 — Vingt-cinq boucles en bronze doré, émail cloisonné et jade, ornées de pierres de couleurs.

118 — Quinze petites pièces en ancien émail cloisonné de la Chine, telles que : deux soucoupes forme bateaux, une petite jardinière, un cygne, trois boîtes, trois petites bouteilles, un petit brûle-parfum, deux plaques, une boucle et six socles.

119 — Deux coupe-papier, dont un en émail cloisonné avec lame en ivoire, et l'autre lame en cuivre champlevé avec manche en jade.

120 — Bol en ancien émail de Canton, décoré de fleurs en bleu sur fond jaune, à l'intérieur sur fond blanc.

121 — Cuvette en ancien émail de Canton, décorée de chrysanthèmes, fruits et roses, sur fond bleu turquoise avec réserve au centre, encadrée de perles avec fleurs sur fond bleu foncé.

122 — Deux jardinières en émail de Canton, de forme rectangulaire, à angles coupés, décorées de fleurs en camaïeu blanc sur fond bleu avec réserves de fleurs en couleurs sur fond vert.

123 — Dix pièces en ancien émail de Canton, se composant de deux théières, une boîte à thé, deux tasses avec couvercles, quatre petites coupes et une petite boîte ronde émaillée sur fond jaune, à rinceaux fleuris et médaillons, ornées de paysages et fleurs sur fond blanc.

124 — Six pièces en émail de Canton, tasse et sa soucoupe, deux cendriers, une boîte avec couvercle et une cuillère.

125 — Chimère en bois de fer sculpté, supportant un miroir en émail peint de la Chine.

---

126

## BOIS SCULPTÉ — LAQUE DE CHINE

126 — Grande porte ancienne, en bois de fer richement sculpté, à décor de dragons et oiseaux dans des fleurs, elle ouvre en plusieurs parties.

Haut., 2 m. 75 ; larg., 1 m. 75.

127 — Grand meuble-étagère en bois de fer sculpté et découpé à jour avec fronton.

128 — Deux cabinets en bois de fer sculpté et ajouré avec tiroirs, et formant étagères.

129 — Écran en bois de fer sculpté et découpé à jour, orné de huit plaques en émail de Canton, à sujet de paysages avec personnages sur fond blanc.

130 — Trois autres pagodes en bois sculpté et doré, incrusté de pierreries.

131 — Pagode en bois de fer sculpté, et une étagère en laque noire et or.

132 — Deux petits cabinets en laque noire ancienne, avec applications de nacre et ivoire teinté, découpé à personnages et fleurs en relief, ils ouvrent par un couvercle, deux portes et quatre tiroirs intérieurs.

133 — Grande pagode en forme d'armoire en laque rouge, avec bordure noire et garniture en cuivre doré, renfermant, à l'intérieur, un temple bouddhique entièrement en laque d'or, à décor en relief, avec colonnes, tiroirs, cachettes et ornements divers, fermés par une porte grillagée également en laque d'or.

134 — Deux petits plateaux en laque, avec incrustation de pierres, et une boîte en laque de Péking.

135 — DEUX ÉTAGÈRES en laque d'or sur fond noir, avec tiroirs et portes, galerie de balustres ajourés en os.

136 — SCEPTRE en laque de Péking.

137 — GRANDE BOITE en forme de boule octogonale, en laque de Péking sculptée, décorée de réserves avec personnages.

138 — PETIT CABINET en laque du Japon, décorée d'un vol de grues dorées et argentées sur fond noir.

## OBJETS DIVERS

### Pierres dures, Étains, Cuivres gravés Aquarelles.

139 — UN PETIT BRULE-PARFUM, en jade gris à deux anses, et une coupe en pierre de lard sculptée.

140 — PETIT VASE, supporté par un oiseau en jade gris.

141 — UNE BOITE en jade vert, avec plaque en émail cloisonné sur le couvercle, de forme rectangulaire, à coins lobés.

142 — SIX PETITS FLACONS à tabac en agate, verre, bronze et émail, et un netzuké en ivoire, personnage.

143 — PETIT ÉCRAN en ivoire sculpté en relief, découpé et peint à décor de paysage avec pagode; au revers, femme près d'un arbuste, avec lapin.

144 — LOT DE CINQ THÉIÈRES en étain, avec incrustations, dont une en forme de coquillage, trois de forme rectangulaire et hexagonale, et une formée d'une noix de coco sculptée à jour, avec base et orifice, anse et bec en étain incrusté de fleurs en cuivre.

145 — DEUX IBIS porte-lumière, en étain gravé.

146 — Cinq petites pagodes, en cuivre doré et ciselé.

147 — Huit modèles de flèches et porte-flèches en plomb.

148 — Gobelet à pied, avec couvercle en métal gravé de fleurs et rinceaux sur fond noir.
Travail indien.

149 — Boite en forme de pêche, reposant sur une branche en cuivre doré, décoré en relief d'émaux champlevés. Socle en bois de fer.

150 — Tableau en soie brodée, fleurs et oiseaux avec arbre, dans un cadre en bois de fer, incrusté de fleurs, oiseaux, et perles en nacre.

151 — Un lot d'aquarelles, représentant des personnages travaillant à divers métiers, et un lot de gravures à l'encre de Chine, représentant des paysages.

## COSTUMES

### Tentures, Étoffes, Tapis.

152 — Kakemono en soie bleue, brodée d'un groupe d'ibis sur rocher auprès d'un arbre en fleurs.

153 — Onze pièces, dont huit bandes de velours épinglé et trois en soie brodée.

154 — Deux paires de souliers de femme et un en forme de bottes.

155 — Deux tapis de table en soie tissée et brochée, fond jaune et bleu.

156 — Lot de cinq pièces, bandes et lambrequins, et une robe en soie tissée.

157 — Trois portières en soie rouge saumon et bleue, bordée de fleurs, dragons, etc.

158 — Trois bandes de soie rouge, brodée en couleur, de vases de fleurs, caractères chinois et encadrement brodé.

159 — Portière en soie rouge, tissée de nombreux petits enfants tenant des fleurs à la main.

160 — Deux portières et une bande en crêpe de soie rouge, brodée en soies de couleur de fleurs et papillons.

161 — Paire de portières en soie bleue, brodée de fleurs, oiseaux phénix et arbres.

162 — Neuf lambrequins et bandes de soie noire brodée de vases de fleurs et médaillons en soie de couleurs et or.

163 — Six robes diverses, dont trois en gaze brodée d'or et soie en couleur, une en soie vert clair, brodée de fleurs et oiseaux, avec bordure bleue, une en soie rouge cerise, brodée de fleurs, et une en soie bleue, brodée de fleurs et soie blanche.

164 — Deux bandes de velours vert pomme, décoré de médaillons.

165 — Deux gilets en gaze noire, brodée de fleurs, et une en soie couleur chaudron, à bordure bleue, brodée de fleurs.

166 — Pantalon de soie verte brochée et brodée de soie de couleur, fleurs et oiseaux.

167 — Très belle robe de femme, en soie bleu ciel, tissée de papillons en or, avec bordure de soie verte et rose.

168 — Très belle jupe en velours rouge épinglé, décor de fleurs et fruits.

169 — Robe en soie jaune impérial, brodée de médaillons de fleurs en couleur ; à la base, les flots de la mer.

170 — Robe en soie jaune impérial, brodée de dragons en or ; à la base de la robe, des flots de la mer en soie de couleur.

171 — Deux morceaux de jupe en soie vert olive brodée d'or, chauve-souris et fleurs.

172 — Autre robe de mandarin, tissée d'or et de soie de couleur, représentant des dragons et des fleurs.

173 — Robe de mandarin en gaze de soie bleue brodée de dragons en or et flots de la mér en soie de couleur.

174 — Trois coupons de soie jaune brochée.

175 — Coupon de soie bleue brochée, mesurant 11 m. 50 environ et une petite bande.

176 — Tapis en soie à dessins réguliers en couleur, sur fond en métal doré et bordure de grecque en bleu.

Long., 3 m. 35 ; larg., 1 m. 75.

177 — Lot de 21 bandes et carrés en velours épingle, de couleur saumon, tissé d'or.

178 — Robe en soie rouge, tissée de fleurs.

179 — Robe de drap marron brodé en soie bleue et blanche de fleurs et papillons.

180 — Deux lambrequins, en soie de couleur saumon, brodée d'or et de soie, à décor de dragons, fleurs et nuages, dans des médaillons avec bordure.

181 — Grande et belle portière de temple, en soie rose brodée en couleur, au centre d'une scène de théâtre, avec personnages sur des oiseaux et dans des nuages, dans un encadrement en lettres d'or ; personnages également sur les côtés ; dans le haut, dragons et soleil ; à la base, fleurs, fruits, oiseaux et ornements.

Haut., 6 m. 15 ; larg., 3 m. 25 environ.

182 — Portière en soie bleue, brodée de personnages dans un paysage ; encadrement jaune.

183 — Deux bandes en soie blanche brodée de fleurs et poissons en couleur.

184 — Deux morceaux de jupe en satin bleu ciel brodé d'or, dragons et papillons, bordures de grecques.

185 — Jupe en velours rouge brodé de soie de couleur, avec bordure de soie noire.

186 — Robe de théatre, en soie blanche, brodée de soie de couleur, décor de petits médaillons à personnages, fleurs et vases fleuris, avec bordure noire brodée d'or et de fleurs.

## COLLECTION DE FEU M. VERHAEGHE DE NAYER

**VENTE** faite salle 11, les 25 et 26 février, par **M**ᵉ **LAIR DUBREUIL** et MM. HÉLIOT et PAULME et LASQUIN.

**Porcelaines de Chine**

1. 2 potiches émaux de couleurs, fleurs et oiseaux sur rochers. Kang-hi, à M. Desfossés : 2.400. — 2. Vase ovoïde, émaux de couleurs, Kang-hi, à M. Héliot : 1.150. — 4. Vase-cornet, fond bleu fouetté, décoré en dorure, Kang-hi, à M. le comte de Vogüé : 505. — 5. Cornet, émaux de couleurs, Yung-tchen, à M. Héliot : 860. — 6. Vase balustre décoré en bleu, Kang hi : 175.

7. Grosse potiche émaillée sur biscuit, fond gros bleu, décorée en couleur, scène de cavaliers, Ming, à M. Linzeler : 1.200. — 8. Grande potiche octogonale, vieux Japon, à M. de Scala : 380. — 9. 2 gourdes, médaillon en bleu sur fond blanc : 165. — 10. 2 bouteilles décorées bleu sur blanc : 180. — 11. 2 petits pots, fond gros bleu caillouté : 180.

13. 2 pots, fond bleu caillouté : 250. — 16. 2 bouteilles, bleu sur blanc. Kien-Lung 250. — 17. 2 cornets bleu sur blanc, Ming : 145.

18. 2 cornets, bleu sur blanc. Kang-hi : 100. — 19. 2 bas de cornets, fond bleu quadrillé, réserves bleu sur blanc. Kang-hi : 255. — 20. 3 bas de cornets bleu sur blanc. Kang-hi : 150. — 21. 2 potiches, bleu sur blanc. Kang-hi : 175. — 22. 2 potiches bleu sur blanc. Kang-hi : 165. — 23. 2 potiches, réserves bleu sur fond blanc. Kang-hi : 270 — 24. 2 potiches, personnages bleu sur blanc. Kang-hi : 385. — 27. Grosse potiche décor en bleu : 320. — 28. Potiche avec couvercle, décor en bleu : 205. — 29. Partie de vase décorée en bleu : 405.

30. Petit vase fond poudre de thé. Kien-Lung : 165. — 31. 2 cornets décorés en bleu : 380. — 32. Vase papillon, décoré bleu et rouge de cuivre : 110. — 33. Gargoulette décorée en bleu : 180. — 34. Vase aplati, fond gros bleu rehaussé d'or, réserves avec personnages dans un paysage, en émaux de couleurs, Kien-Lung : 810. — 35 2 vases bas de cornets, l'un, fond vert piqué, à réserves en forme de feuilles, l'autre fleurs et oiseaux émaux de couleur. Yung-tchen, à M. Desachée : 480.

36. Cornet décoré en couleurs, de divinités toistes, et au col de deux cavaliers. Kien-Lung, à M. Desfossés : 580. — 37. 2 cornets, émaux de couleurs, scène de personnages. Ming : 260. — 38. 2 grands cornets, personnages et cavaliers, Ming : 275. — 39. 2 potiches émaux de couleurs, Ming 255. — 40. 2 potiches, dragons et pagode avec personnages. Ming : 430.

RED. :

24

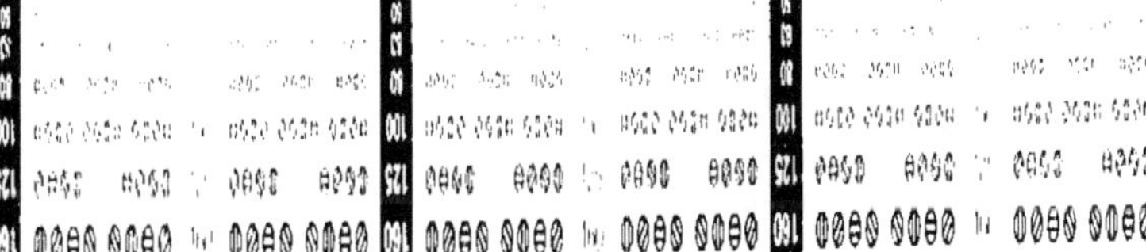

MIRE ISO N° 1

NF Z 43-...

AFNOR

Cedex 7 - 92080 PARIS LA DEFENSE

graphicom

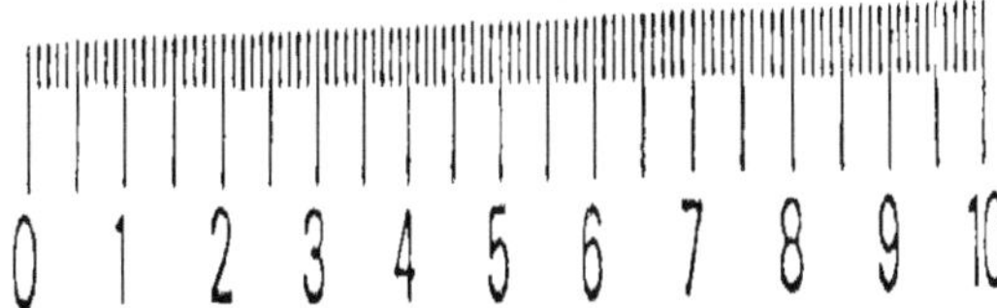

www.ingramcontent.com/pod-product-compliance
Ingram Content Group UK Ltd.
Pitfield, Milton Keynes, MK11 3LW, UK
UKHW021035180726
13838UKWH00004B/1807